Ich fick Dich mit Poesie

Von Mexine Raven

Ich fick Dich mit Poesie

Erotische Gedichte

Von Mexine Raven

Model:	Anika Lengsfeld
Fotograf:	Steven Hoschek
Korrektorat:	Alexandra Gentara

1. Auflage,
© Mexine Raven – alle Rechte vorbehalten.
Mexine Raven
c/o Block Services
Stuttgarter Straße 106
70736 Fellbach
ISBN: 9798504153810
Imprint: Independently published

WIDMUNG

Von der Liebe zu Dir und der Lust getrieben,
habe ich Dir dieses Buch geschrieben.
Mein Herz, das ist beim Gedanken an Dich außer sich.
Oh Baby, Du kannst Dir sicher sein, ich liebe nur Dich!

Inhaltsverzeichnis

WIDMUNG	5
VORWORT	11
1 DER FICKBRIEF	13
2 DIE HÖLLE	17
3 DAS 5-MINUTEN DATE	21
4 DER EWIGE KREIS	23
5 DINNER	31
6 OH BABY	33
7 DEIN DUSCHBAD	36
8 DIE KÖNIGIN DER HÖLLE	38
9 RACHENFICK	42
10 DIE ERINNERUNG	45
11 10 GRÜNDE	49
12 DIE BESCHERUNG	51
13 FICKNICK	56
14 BUMERANG	58
15 SOLOSPIEL	62
16 GESTÖRT	65
17 DANKE	67
18 DIE DROGE	68
19 SCHLAFLOS	71
20 ZIEH MICH AUS	73
21 WER BIN ICH FÜR DICH	76
22 DER STREIT	79
23 DENKST DU AN MICH	82

24 EGAL	84
25 FÜR DICH	91
NACHWORT	93
DAS BUCHPROJEKT	97
AUTORIN	99
AN MEINE LESER	100

VORWORT

Kennst Du das,
Dich nach jemandem mit Haut und Haaren zu verzehren?
Jemanden bis auf die Knochen zu begehren?

Weißt Du, wie es ist,
in den Armen von jemandem wie Butter zu zerfließen?
Und kamst Du schon in den Genuss, Dich mit seinem Charme zu begießen?

Kennst Du wie ich die pure Lust,
die das Blut zum Kochen bringt?
Die Dich auch manchmal zurück in die Knie zwingt?

Und hat Dich die Sehnsucht schon heimgesucht,
die Du eigentlich verfluchst?
Weil sie Dir so den Verstand raubt,
dass Du nicht mehr an Dich selbst glaubst?

Ja?
Dann kennst Du bestimmt auch die Liebe,
die Himmel und Hölle ist zugleich?
Genau über diese Dinge erzähle ich Dir in meinem Reich.

In Liebe,

Mexine Raven

1 DER FICKBRIEF

Du bist meinen Anweisungen gefolgt.
Der Brief ist das versprochene Gold.
Für Deine Mühe wirst Du belohnt.
Jetzt zeig ich Dir, dass sich die Zeit mit mir lohnt.

Wollte Dir etwas Besonderes geben.
Mit Dir was wirklich Verrücktes erleben.
Ich hoffe, Du freust Dich über diesen Schatz.
Dann werden die restlichen Anweisungen für Dich ein Klacks.

Ich möchte Dir jetzt Dinge sagen,
die sich viele Männer bei ihren Frauen fragen.
Und Dir Informationen geben,
die Dir dabei helfen, mit mir harmonisch zu leben.

Drum lehne Dich entspannt zurück
und genieße dieses kurze Glück.
Lass Dich von mir in eine neue Welt entführen.
Du darfst Dich dabei auch gerne selbst berühren.

Weißt Du eigentlich, warum Du mich so scharfmachst?
Und immer wieder ein Feuer in mir entfachst?
Nein? Dann helf ich Dir mal auf die Sprünge
und erzähl Dir darüber ein paar Dinge.

1 DER FICKBRIEF

Es sind Deine dunklen Augen,
die mir jeden klaren Gedanken rauben.
Es ist Dein düsterer Blick.
Immer wenn Du mich ansiehst,
bekomm ich Bock auf einen geilen Fick.

Und selbst die Linien in Deinen Händen
erzählen Geschichten über Dich
und Deine persönlichen Legenden.
Du bist so unfassbar charmant,
an Deinem inneren Feuer habe ich mich schon oft verbrannt.

Für Deine Geduld mit mir möchte ich mich bedanken.
Wird Zeit, Dich mit sexuellen Reizen aufzutanken.
Bin jetzt bereit, es Dir zu geben.
Möcht mit Dir auf eine neue Ebene schweben.

Hier eine kleine Anleitung, um mich richtig zu verführen.
Hältst Du Dich dran, werde ich Dich genauso berühren.
Denn ich weiß, dass Du schon lange wartest.
Doch ich verspreche Dir, dass dieses Programm bald startet.

Also hör jetzt gut zu.
Machst Du es richtig, lass ich Dich nie wieder in Ruh!
Denn immer, wenn Du mich küsst, steht die Welt für mich still.
Ist Deine Hand dabei in meinem Haar vergraben,
weiß ich, dass ich nur Dich will.

Ich bin mir sicher,
wenn Deine starken Hände mich erst mal richtig packen,
kannst Du mich mal langsam und mal schnell mit Deinem geilen Schwanz durchhacken.

ICH FICK DICH MIT POESIE

Berühren Deine Lippen oder Deine Zunge erst einmal meine Haut, stöhne ich im Gegenzug vor Lust nach Dir laut auf.
Küsst Du mir beim nächsten Treffen langsam den Hals entlang hinunter, dann hol ich Dir garantiert kurz danach einen runter.

Massierst Du anschließend fest meine Brüste,
offenbare ich Dir meine intimsten und heimlichsten Gelüste.
Leckst, beißt, knabberst und zwirbelst Du an meinen Knospen,
dann verspreche ich Dir,
werde ich von jeder Stelle Deines heißen Körpers kosten.

Streichle ruhig auch mal über meinen Po
und meine Schenkel entlang!
Wenn Du es richtig machst, zieh ich danach das Höschen blank.
Willst Du wissen, wie es weitergeht,
wenn Dein Schwanz erst mal aufrecht steht?

Fahre am besten mit der Zunge zwischen meine Beine!
Hemmungen hab ich ab dem Moment wohl keine.
Führst Du dann Deine Finger in mich ein,
werde ich Dir für immer sexuell hörig sein.

Schon beim Schreiben dieses Briefes bin ich geil,
wenn ich nur daran denke,
sodass ich bereits jetzt meine Finger beim Gedanken an Dich in meiner Muschi versenke.

Kommen wir nun zum spannendsten Akt.
Was Du jetzt liest, ist ein Fakt!
Zeig mir unbedingt Dein prachtvolles Teil,
dann lutsche ich ihn Dir richtig genüsslich geil.

1 DER FICKBRIEF

Steckst Du ihn anschließend in mein nasses Loch hinein,
werde ich vor Lust laut Deinen Namen schreien.
Und was passiert, wenn Du mich dabei ansiehst,
während Du mich ordentlich fickst,
das musst Du selber herausfinden,
denn jetzt ist der Brief zu Ende, verflixt.

Dieser Lustbrief war nur für Dich.
Es ist so weit, also bitte verführe mich!
Schnupper noch mal am Papier,
mein Duft verrät Dir meine Gier.

Eine kleine Stelle habe ich in Muschisaft getränkt.
Findest Du sie? Ist extra für Dich, ein kleines Geschenk.
Wenn Du willst, mach es Dir jetzt selbst und verbrenne dann den Brief!
Feuerzeug liegt mit bei, mein kleiner Detektiv.

2 DIE HÖLLE

Komm schon, bitte sieh mich einmal an!
Wenn ich Dir gefalle, nimm mich ordentlich ran!
Mach mich glücklich heute Nacht,
während der Mond die Sterne bewacht!

Wenn ich Dich ansehe, verliere ich mich in Deinen Augen.
Dann fällt es mir schwer, an eine Welt ohne Sünde zu glauben.
Ich bin in der Hölle, die Du bewachst,
in der Du überall loderndes Feuer entfachst.

Die Flammen um mich herum brennen lichterloh,
und die Hitze, die in mir aufsteigt, beflügelt mich so.
Bis ich alles im Leben vergesse.
An nichts habe ich mehr Interesse.

Außer an Dir und Deinen Lippen,
die so sinnlich an dem Sektglas nippen,
das ich so sehr gerne jetzt wäre.
In diesem Moment, dieser sündigen Sphäre.

Komm schon, bitte sieh mich einmal an!
Wenn ich Dir gefalle, nimm mich ordentlich ran!
Mach mich glücklich heute Nacht,
während der Mond die Sterne bewacht!

2 DIE HÖLLE

Je länger ich Dich ansehe, desto mehr verliere ich mich.
Hab so einen Bock auf einen ordentlichen Stich.
Ich weiß, ich kann mich an Dir verbrennen,
und doch bleib ich sitzen, statt um mein Leben zu rennen.

Und es dauert nicht lange, bis ich eine solche Erregung spüre,
dass ich mich langsam selbst berühre.
Dabei stell ich mir vor, das wärst Du.
Ich schließe die Augen und hoffe, Du kommst schnell hinzu.

Bitte schenk mir jetzt Deine Nähe,
um die ich so verzweifelt flehe!
Denn ich bin komplett gefangen
in meinem unglaublichen Verlangen.

Komm schon, bitte sieh mich einmal an!
Wenn ich Dir gefalle, nimm mich ordentlich ran!
Mach mich glücklich heute Nacht,
während der Mond die Sterne bewacht!

In der Tat ergötzt Du Dich an meiner Qual.
Meine Unterwürfigkeit macht mich zu Deiner Wahl.
Mein sündiges Treiben hat Dich betört.
Du bist der Teufel und hast meine Seele erhört.

Denn plötzlich sitzt Du nah vor mir und heizt mich mit Deiner Nähe auf.
Ohne zu überlegen, springe ich auf Deinen Schoß herauf.
Und fasse Dir in den vorgewölbten Schritt.
Sinnlich bewegst Du Dich im Rhythmus mit.

ICH FICK DICH MIT POESIE

Presst ungehalten Deine Lippen auf meine.
Hemmungen hast Du definitiv keine.
Die Lust in Dir hat vollständig begonnen.
Ich reagiere darauf äußerst besonnen.

Denn jetzt siehst Du mich endlich an!
Weil ich Dir gefalle, nimmst Du mich ordentlich ran!
Du machst mich glücklich heute Nacht,
während der Mond die Sterne bewacht!

Ungehalten knöpfe ich Dir die Hose auf.
Anschließend hole ich Deinen fetten Knüppel heraus.
Dann ziehe ich meinen Slip zur Seite,
noch ehe ich Dich hemmungslos reite.

Ich kann mein Glück kaum fassen, endlich ist es so weit.
Auch Du bist längst bereit.
Ich setz mich auf Deinen dicken Schwanz,
und meine Möse steppt einen Freudentanz.

Sie wird immer nasser und gieriger auf Dich.
Du bist der Teufel und benutzt mich.
Doch das ist mir verdammt egal.
Ich liebe diese süße Qual.

Denn jetzt siehst Du mich endlich an!
Weil ich Dir gefalle, nimmst Du mich ordentlich ran!
Du machst mich glücklich heute Nacht,
in der der Mond die Sterne bewacht!

2 DIE HÖLLE

Ich bewege mich langsam hoch und runter.
Mit jeder Bewegung färbt sich meine Welt ein bisschen bunter.
Darum zögere ich es absichtlich heraus,
Nehme sachte jeden Zentimeter auf.

Doch das ist Dir viel zu wenig.
Du bist schließlich nicht irgendwer, sondern ein König.
Und Du willst schnell zum Zug.
Also packst Du meine Arschbacken, übernimmst das Tempo und fickst mich wie im Flug.

Aber egal wie, ich genieße den Moment,
bis eine Explosion meinen Körper sprengt.
Zurück bleibt nur die Hülle von mir.
Meine Seele ist jetzt für immer bei Dir.

Denn eben nahmst Du mich richtig ran!
Weil ich Dir gefiel, hast Du mich für immer gefangen!
Du machtest mich glücklich heute Nacht,
während der Mond die Sterne bewacht!

3 DAS 5-MINUTEN DATE

Darf ich Dich heute kurz entführen?
Hab extrem große Lust, Dich zu berühren.
Dauert auch wirklich nicht lange, nur fünf Minuten.
Keine Angst, ich werde mich sputen.

Ich verspreche Dir, Du wirst es nicht bereuen.
Du wirst Dich sogar eher darüber freuen.
Und weil Du der Star bist, brauchst nicht mal etwas zu machen.
Ich erledige heute die Sachen.

Am besten, Du lehnst Dich bloß entspannt zurück.
Dann wirst Du kurz, aber intensiv von mir oral gefickt.
Deine Aufgabe ist einfach,
denn Du holst nur Deinen Schwanz heraus!
Du hast mein Wort, ich mache etwas ganz Besonderes daraus.

Ich werde mich gierig zu Dir herunterbeugen
und mich anschließend genüsslich vergnügen
mit Deinem dicken Kolben.
Zuerst spucke ich Dir auf Deine Eichel drauf,
dann wichse ich kurz Deinen geilen Knauf.

3 DAS 5-MINUTEN DATE

Und weil Du so gut schmeckst,
umschließe ich Dein Fleisch mit meinem Mund.
Ich verspreche Dir,
ich nehm Deinen Schwanz richtig tief in meinen Schlund.
Kann es kaum erwarten, Dich warm und feucht zu verwöhnen.
Du wirst ganz sicher vor Lust laut aufstöhnen.

Und falls die Zeit für Dich drängt, spritz ruhig in mich ab.
Ich weiß ja, unsere Zeit ist immer knapp.
Doch wenn Du bleiben willst, dann bitte bleib!
Ich halte mich auf jeden Fall für beide Möglichkeiten bereit.

4 DER EWIGE KREIS

Und vielleicht ist Unendlichkeit der Preis,
dafür, dass ich mich mit Dir drehe im ewigen Kreis.
Denn mal ist es ein Fluch und dann wieder ein Segen.
Manchmal ist es die Sonne und anschließend der Regen.

Für andere ist heute ein Tag wie jeder.
Doch nicht für mich, deshalb trage ich Leder,
denn ich weiß, wie sehr Du das magst.
Du hast es mir schließlich oft genug gesagt.

Dass Du mich gleich besuchst,
macht das Datum zu einem Feiertag.
Darum frag ich noch ein letztes Mal meinen Spiegel um Rat.
Ich möcht wissen, ob ich auch hübsch genug für Dich bin.
In der Haustür steckt längst schon der Schlüssel für Dich drin.

Und während ich mich noch einmal intensiv betrachte,
bemerke ich Deine Anwesenheit und die Lust,
die Dich zu mir brachte.
Ich drehe mich zur Dir um und mein Herz schreit Hurra.
Mein Verstand will mich warnen, doch ich ignoriere die Gefahr.

Du siehst mich eindringlich an
und erregst mich mit Deinem Blick.
Statt zu Dir zu laufen, trete ich ein Stück zurück.

4 DER EWIGE KREIS

Doch wie ich es hoffte, kommst Du jetzt zu mir.
Nach einer gefühlten Ewigkeit: „Endlich wieder ein Wir."

Und vielleicht ist Unendlichkeit der Preis,
dafür, dass ich mich mit Dir drehe im ewigen Kreis.
Denn mal ist es ein Fluch und dann wieder ein Segen.
Manchmal ist es die Sonne und anschließend der Regen.

Kann Dir nicht sagen, wie glücklich ich in diesem Moment bin.
Plötzlich hat alles wieder einen Sinn.
Habe Dich so sehr vermisst,
und mich stets dabei selber gedisst.

Denn wir waren viel zu lange getrennt.
Ich habe so oft wegen Dir geflennt,
und beim Versuch, Dich zu vergessen,
tonnenweise Schokolade gegessen.

Aber natürlich bin ich gescheitert.
Etwas, das Dich immer wieder aufs Neue erheitert.
Du weißt genau, dass ich Dich brauche.
Auch wenn das bedeutet, dass ich dafür meine Seele verkaufe.

Doch alles hat jetzt keine Bedeutung mehr.
Mein inniges Verlangen nach Dir jedoch sehr.
Ich will Dich einfach nur wieder spüren,
und mit meinen Fingerspitzen Deine Haut berühren.

Und vielleicht ist Unendlichkeit der Preis,
dafür, dass ich mich mit Dir drehe im ewigen Kreis.
Denn mal ist es ein Fluch, doch im Moment ein Segen.
Gerade ist es die Sonne und anschließend folgt der Regen.

ICH FICK DICH MIT POESIE

Verdammt hübsch siehst Du aus im schwarzen Shirt.
Fast wie ein extrem heißer Nerd.
Du bist ein Frauenschwarm, das ist klar.
Für viele Mädchen einfach wunderbar.

Doch nichts kann beschreiben, was Du für mich bist.
Denn es gibt keine Skala, die das ordentlich misst.
Fakt ist aber, Du bist für mich der einzige Mann.
Der einzige, der mit meinen Sehnsüchten umgehen kann.

Und dann geschieht es, vorsichtig berührt mich Deine Hand.
Mein Verstand ist sofort außer Rand und Band,
Als Deine Fingerspitzen durch mein Haar gleiten
und mich auf eine heiße Nummer vorbereiten.

Während sich Deine Lippen auf meine legen
und mir endlich die Liebe geben,
die mir so lange fehlte,
vergesse ich, wie sehr mich diese Einsamkeit quälte.

Und vielleicht ist Unendlichkeit der Preis,
dafür, dass ich mich mit Dir drehe im ewigen Kreis.
Denn mal ist es ein Fluch, doch im Moment ein Segen.
Gerade ist es die Sonne und anschließend folgt der Regen.

Dein Kuss versetzt mich in einen exzessiven Rausch.
Ich gebe Dir meine unbändige Geilheit im Tausch.
Ich kann wirklich nicht mehr länger warten.
Will jetzt endlich unsere Versöhnung starten.

4 DER EWIGE KREIS

Ich weiß, es geht eigentlich viel zu schnell.
Und ich schwöre Dir, geplant war ein anderes Modell.
Doch ich bin so ausgehungert vor Lust.
Die Warterei auf Dich brachte mir unglaublichen Frust.

Also ziehe ich den Seidenschal von meiner Kehle
und folge eisern dem Ruf meiner Seele.
Ich will Dich befriedigen, so gut ich nur kann.
Vielleicht haben wir eine richtige Chance, irgendwann.

Zuversichtlich verbinde ich Dir die Augen
und hauche Dir auf den Hals.
Du lässt Dich mutig Deines Augenlichts berauben,
Deine Gier drängt ebenfalls.

Dein Geruch ist betörend für meine Sinne
und ich nehme ihn genüsslich in mich auf.
Es gibt nur eine Sache, die besser riecht als Dein Körper,
und das ist Dein harter Knauf.

Und vielleicht ist Unendlichkeit der Preis,
dafür, dass ich mich mit Dir drehe im ewigen Kreis.
Denn mal ist es ein Fluch, doch im Moment ein Segen.
Gerade ist es die Sonne und anschließend folgt der Regen.

Zärtlich küsse ich Dich vom Nacken herunter bis zum Po.
„Oh ja", stöhnst Du lüstern, als ich Dich von der Hose befreie,
denn das macht Dich froh.
Dann setze ich provokant die Zunge in Deiner Ritze ein.
Ja, ich weiß, ich bin ganz schön gemein.

ICH FICK DICH MIT POESIE

Doch meine Zungenspitze will alles von Dir schmecken.
Sie besitzt ein Eigenleben
und will Deine erogenen Zonen lecken.
Sie will Deine Lust ins Unermessliche steigern.
Jetzt bist Du hier und kannst Dich mir nicht länger verweigern.

Ich gebe mir große Mühe und liebkose alles, was Dich reizt.
Erst von hinten, dann von vorne.
So was passiert, wenn man zu sehr mit seinen Reizen geizt.
Dein Knüppel ist bereits hart wie Beton, Dir gefällt mein Spiel.
Ich bin zufrieden mit meiner Leistung, denn das war mein Ziel.

Schmunzelnd gehe ich in die Knie und hock mich vor Dich hin.
Dein Schwanz zeigt starr zu meinem Kinn.
Er will zu meinem Mund,
will rein in den warmen, engen Schlund.

Und vielleicht ist Unendlichkeit der Preis,
dafür, dass ich mich mit Dir drehe im ewigen Kreis.
Denn mal ist es ein Fluch, doch jetzt ein Segen.
Gerade scheint die Sonne und anschließend folgt der Regen.

Ich lutsche genüsslich Deine Männlichkeit, wie ein Stieleis.
Wie zu erwarten, bist Du schon komplett heiß.
Während meine warme Zunge drängt nach Deinem Samen,
Bildet die feuchte Höhle den perfekten Rahmen.

Als Dir die Röte ins Gesicht steigt,
weiß ich, dass Du zum Höhepunkt neigst.
Darum wende ich mich schnell von Dir ab.
Die Angelegenheit ist ganz schön knapp.

4 DER EWIGE KREIS

Ich weiß, jetzt ist die Zeit gekommen
Deinen Körper ganz und gar wiederzubekommen.
Ausgehungert ziehe ich Dich komplett nackt aus.
Auch ich schlüpfe aus dem feuchten Slip heraus.

Dieser ist schon getränkt von meinem Saft,
der Deinem Penis einen einfachen Eintritt verschafft.
Mit einem Lächeln nehme ich Dir die Binde ab. Als Du mich ansiehst, schaust Du sofort zu meinen nackten Schenkeln herab.

Und vielleicht ist Unendlichkeit der Preis,
dafür, dass ich mich mit Dir drehe im ewigen Kreis.
Denn zuletzt war es ein Fluch, doch im Moment ein Segen.
Gerade scheint die Sonne und anschließend folgt der Regen.

Du bist extrem erregt und schiebst mich selbstsicher zum Tisch.
Durch eine Handbewegung leere ich ihn mit einem Wisch.
Jetzt haben wir freie Bahn und Du hebst mich wild auf die Platte.
Ich kann meinen Blick nicht abwenden von Deiner standhaften Latte.

Meine nasse Möse, die giert schon nach ihr.
Sie macht mich zum ausgehungerten Raubtier,
Sodass ich automatisch meine Beine öffne für Dich.
Zweifel habe ich dabei sicher nicht.

„Fick mich!", flüstere ich, dann dringt Deine Lanze in mich ein.
Du bist dabei nicht langsam und zart,
sondern stößt sie gleich hart rein.
Du spießt mich mit ihr auf, wie eine Maschine.
Ich kann mich nicht beherrschen und in mir rollt die erste Lawine.

ICH FICK DICH MIT POESIE

Ich bin völlig außer mir und kralle mich an Deinem Rücken fest.
Doch das war von Dir nur ein erster Test.
Denn erst jetzt nimmst Du mich richtig ran.
Zeigst mir so hart, wie es geht, wie alles mit uns begann.

Und vielleicht ist Unendlichkeit der Preis,
dafür, dass ich mich mit Dir drehe im ewigen Kreis.
Denn zuletzt war es ein Fluch, doch im Moment ein Segen.
Gerade scheint die Sonne und anschließend folgt der Regen.

Du erinnerst mich an unser Glück.
Gott sei Dank kamst Du zu mir zurück.
Ich lasse mich komplett für dich fallen,
während meine Lustschreie durch den Raum hallen.

Oh Baby, ich bin Dir so erlegen.
Ich will Dir alle Deine Fehler komplett vergeben.
Auch wenn Du mich nur benutzt für Deine Lust,
Leg ich meinen Kopf willig auf Deine Brust.

Dann schließe ich zufrieden die Augen
und lass mich von Dir meiner letzten Sinne berauben.
Bis der Höhepunkt unsere beiden Körper ereilt
und sich die Lust gänzlich im Raume verteilt.

Ich bin traurig und glücklich zugleich, als Du gehst
und mir mit einem Lächeln
noch einmal vollständig den Kopf verdrehst.
Oh Liebster, mein Herz hängt so sehr an Dir.
Doch einzig alleine die Erinnerung bleibt heute hier.

4 DER EWIGE KREIS

Und vielleicht ist Unendlichkeit der Preis,
dafür, dass ich mich mit Dir drehe im ewigen Kreis.
Jetzt ist es ein Fluch, eben noch war es ein Segen.
Vor ein paar Minuten schien für mich die Sonne, doch nun steh ich im Regen.

5 DINNER

Hast Du heute Abend Hunger auf eine Delikatesse?
Dann mach Dich auf dem Weg zu mir, Deiner ewigen Mätresse.
Ich servier Dir definitiv drei Gänge.
Für Dich, mein Liebster, koch ich eine ganze Menge.

Dein Gaumen kann sich jetzt schon freuen.
Komm zu mir und Du wirst es nicht bereuen!
Sabbern ist heute auch erlaubt,
schließlich ist das Mahl ordentlich versaut.

Setz Dich einfach nur an den Tisch.
Dann bring ich Dir die geile Vorspeise ganz frisch.
Dafür lege ich mich nackt auf die Tischplatte.
Überraschung, mein König, denn das Besteck ist Deine Latte.

Habe ich mich Dir serviert, dann geht es auch schon los.
Sag mir, Liebster, klingt das nicht grandios?
Ich verspreche Dir, der erste Gang ist bereits deftig.
Dafür steckst Du Deinen Schwanz in meinen Mund, dann wird es richtig heftig.

Statt Du von mir kostest, schmecke ich Dich.
Damit bereite ich Dich vor auf einen ordentlichen Stich.
Ich lecke, sauge und biete mich an.
Auf dem Speiseplan steht, ich lass Dich so tief rein wie ich nur kann.

5 DINNER

Der zweite Gang ist exquisit etwas für Feinschmecker.
Mit meiner Geilheit bilde ich meinen eigenen Saft.
Sag, klingt das nicht lecker?
Nach der Herstellung spreize ich für Dich meine Beine.
Sei Dir sicher! Hemmungen hab ich hundertprozentig keine.

Ist das Mahl angerichtet, dann darfst Du endlich ran.
Mein Saft ist Dein Schnaps
und berauscht Dich so stark wie er kann.
Jetzt liegt es an Dir! Denn leckst Du mich richtig aus,
dann gehst Du auch betrunken raus.

„Alkohol" macht Lust auf mehr.
Wenn Du meiner Einladung folgst, weißt Du, wie sehr.
Ist der zweite Gang dann vorbei,
kommt endlich das Hauptmahl, die Nummer drei.

Danach ist Dein Hunger sicherlich verflogen.
Glaub mir, ich habe Dich noch nie belogen.
Du musst einfach Dein Luxusbesteck in mich einführen
und mit Deinen Stößen die Hauptmahlzeit verrühren.

Es ist Dir erlaubt, mich mit Haut und Haaren zu verzehren.
Ich verspreche Dir, ich werde mich nicht wehren.
Iss mich schnell oder langsam, das ist mir egal.
Sag Liebster, soll ich für Dich kochen? Du hast die Wahl.

6   OH BABY

Oh Baby, komm, wir schalten alle unsere Zweifel aus.
Lass uns durchbrennen in die weite Welt hinaus.
Denn Du bist mein Audi RS8.
Du bist die Maschine, die mit 520 PS durch mein Leben kracht.

Deine breite Karosserie und Dein aggressives Design,
schlagen in meinen Organismus wie ein Hammer ein.
Doch ein heißer Schlitten ist auch nur ein Gegenstand
ohne das passende Accessoire.
Darum zieh ich mich nackt aus
und befördere Dich zum glänzenden Star.

Ich setz mich eifrig auf Deinen Sportsitz
und poliere ihn mit meinem nassen Schlitz.
Oh Baby, Du bist purer Luxus und ich bin Dein Gold.
Wird Zeit, Dich zu starten, damit uns das Adrenalin überrollt.

Ich nehme Deinen Schaltknauf in meine Hand.
Als ich das Getriebe starte, hat mich die Gier bereits übermannt.
Bin so feucht, also setze ich mich auf den Knüppel herauf.
Meine nasse Muschi klatscht mit jeder Bewegung Applaus.

Oh Baby, jetzt schalten wir alle unsere Zweifel aus.
Wir brennen durch, in die weite Welt hinaus.
Denn Du bist mein Audi RS8.
Du bist die Maschine, die mit 520 PS durch mein Leben kracht.

6 OH BABY

Die Fahrt mit Dir ist turbulent.
Werde gesteuert von der Lust, die meinen Körper sprengt.
Doch ich bin noch nicht bereit,
aufzuhören und stehen zu bleiben.
Zuallererst will ich mir Deine Geschwindigkeit erst ordentlich einverleiben.

Also drücke ich noch mal kräftig Dein Gaspedal
und fahre mit Dir durchs stürmische Ficktal.
Bringe Dich in den Sportmodus herein
und lasse Deinen Auspuff den lauten Sound herausschreien.

Oh Baby, was bist Du nur für ein geiles Gefährt?
Du hast Dich definitiv für eine Rennfahrt bewährt.
Bin hin und weg von Deinem Programm.
Glaub nicht, dass ein anderes Auto so einen Luxus bieten kann.

Oh Baby, ich schalte alle meine Zweifel aus.
Ich brenne mit Dir in die weite Welt hinaus.
Denn Du bist mein Audi RS8.
Du bist die Maschine, die mit 520 PS durch mein Leben kracht.

Dein Bordcomputer ist auf dem neuesten Stand.
Ohne Abwege bringt er mich in ein mir verruchtes Land.
Er lenkt mich durch den gewaltigen Verkehr
in meine vorgesehene Parklücke herein.
Mit Dir, mein heißer Flitzer, fahre ich nicht allein.

Als ich bremse, bin ich komplett außer mir.
Du bist nicht nur eine Maschine, sondern auch ein wilder Stier.

ICH FICK DICH MIT POESIE

Bin völlig durchgeschwitzt von der Fahrt.
Doch Dein Schaltknüppel ist immer noch brechend hart.

Deine Leistung kann ich nicht toppen.
Du könntest meine Parklücke ohne Probleme wund poppen.
Doch ich werde Dich nicht weiterempfehlen.
Viel lieber lass ich mein Inneres selber von Dir quälen.

Und dann, Baby, schalte ich wieder alle meine Zweifel aus.
Dann brenne ich mit Dir in die weite Welt hinaus.
Denn Du bist mein Audi RS8.
Du bist die Maschine, die mit 520 PS durch mein Leben kracht.

7   DEIN DUSCHBAD

Mein Liebster, bitte nimm mich mit in die Dusche herein!
Ich verspreche Dir aus tiefster Seele, es wird kein Fehler sein.
Dann schmiege ich mich an Deine Haut.
Meine Berührungen sind zärtlich, leise und ganz vertraut.

Mit all meinen Sinnen werde ich Dich
wie ein Duschbad verwöhnen!
Ich versprech Dir, Du wirst automatisch stöhnen.
Ich verwandle mich in Deine Pflege von Kopf bis Fuß.
Selbst Dein Schwanz erhält von mir einen Gruß.

Erotisch seife ich Dich unter der Dusche ein, mit meiner Nähe.
Umsorge Deinen nackten Körper, den ich nur zu gern ansehe.
Genieße einfach das Glücksgefühl und inhaliere meinen Duft.
Spüre das Prickeln zwischen uns und verteile es mit mir in der Luft.

Ich verwandle Dein Duscherlebnis in einen unvergesslichen Moment mit mir.
Wenn Du mich mit reinnimmst, dann wirst Du zum wilden Tier.
Für ein unglaubliches Glücksgefühl steh ich mit meinem Namen.
Dusch mit mir, und ich raub Dir Deinen Samen.

ICH FICK DICH MIT POESIE

Mein Pflegeprogramm hält eine ganze Weile an.
Brauchst Du trotzdem Nachschub,
nimm mich gerne noch mal ran.
Ich bin sehr gut verträglich für Körper und Seele.
Die fabelhafte Qualität wirst Du erkennen, wenn ich Dir fehle.

Ab sofort gibt es mich im Handel in allen möglichen Variationen.
Ich versprech Dir, jede Facette wird Deine Sinne belohnen.
Du kannst mich online oder telefonisch bestellen.
Ich werde mich umgehend zu Dir gesellen.

8 DIE KÖNIGIN DER HÖLLE

Ist Dir eigentlich klar, wer ich bin?
Du hältst mich für ein Opfer, doch ich bin eine Kämpferin.
Ich bin Deine gefährlichste Konkurrenz,
aber auch Dein größter Gewinn.
Mach mich zur Königin der Hölle
und gib Deinem Leben einen Sinn!

Du bist der Teufel, so anmutig und so stark.
Bist sehr charmant,
doch alles ist mit einem Hauch Boshaftigkeit gepaart.
Der Ort, an dem Du wohnst, ist heißer als ein Vulkan.
Dein köderndes Feuer nimmt mich in seinen Besitz,
wie ein tobender Orkan.

Seit Du mich erspäht hast,
willst Du, dass ich mich an Dir verbrenne.
Dein Ziel ist es, dass ich meine Seele zu Dir bekenne.
Du gibst Dir große Mühe,
mich willenlos und am Boden zu sehen.
Dich macht der Gedanke geil,
dass all meine Sinne um Erlösung flehen.

Dein Ego drängt danach,
mich in seine Gewalt zu nehmen und zu benutzen wie ein Tier.
Es will sich an mir befriedigen, der Auftraggeber ist Deine Gier.
Du willst mich brutal schänden in lodernden Flammen.
In Deinem Kopf hältst Du mich schon gefangen.

ICH FICK DICH MIT POESIE

Doch weißt Du denn gar nicht, wer ich bin?
Ich bin nicht Dein Opfer, sondern eine Kämpferin.
Ich bin Deine gefährlichste Konkurrenz,
aber auch Dein größter Gewinn.
Mach mich zur Königin der Hölle
und gib Deinem Leben einen Sinn!

Denn es gibt eine Sache, die Du nicht weißt.
Ich bin keine Beute, ich bin Dein Preis.
Ich bin genauso verdorben wie Du.
Meine Seele kennt keine Regeln und auch kein Tabu.

Du kannst mich schänden, aber danach schände ich Dich.
Mit mir kommst Du mehr als einmal zum Stich.
Meine Seele ist noch dreckiger als wie Du.
Mein perfides Verlangen nimmt mit jedem schmutzigen Gedanken zu.

Mein Ziel ist neben Dir der Thron.
Dein Schwanz, der ist der Tageslohn.
Denn alles in mir verlangt nach Dir.
Sag, böser Teufel, wer von uns beiden ist das wahre Raubtier?

Macht es langsam Klick, wer ich wirklich bin?
Ich werde niemals Dein Opfer sein, denn ich bin eine Kämpferin.
Ich bin Deine gefährlichste Konkurrenz,
aber auch Dein größter Gewinn.
Mach mich zur Königin der Hölle
und gib Deinem Leben einen Sinn!

8 DIE KÖNIGIN DER HÖLLE

Oh Du dunkle Seele, los, fick mich noch einmal!
Gerne auch zweimal oder dreimal!
Jetzt bring mich schon erneut zum Schreien!
Zeig mir den bösen Jungen,
Du tust uns beiden damit einen Gefallen!

Selbst wenn Du danach von mir gehst, verfolge ich Dich.
Aber meine Seele, die bekommst Du dabei nicht.
Ich gebe Dir einzig meinen Körper
im Gegenzug für Deinen Trieb.
Und ganz schleichend mutiere ich währenddessen zum Dieb.

Unauffällig raube ich Dir dann Deinen Verstand.
Ziehe gezielt alle Deine Werte blank.
Ich erfülle Dir zielbewusst jeden sexuellen Wunsch.
Deine Nähe ist in Wahrheit mein Triumph.

Na, hast Du schon verstanden, wer ich wirklich bin?
Ich werde niemals Dein Opfer sein, denn ich bin eine Kämpferin.
Ich bin Deine gefährlichste Konkurrenz,
aber auch Dein größter Gewinn.
Mach mich zur Königin der Hölle
und gib Deinem Leben einen Sinn!

Langsam bist Du irritiert von meinem Spiel.
Denn ich habe Dich angefüttert mit meinem Stil.
Gebe Dir immer mehr von dem, was Du brauchst.
Ich bin der Grund, dass Du zusätzliche Zigaretten rauchst.

Mache Dich von mir stark abhängig,
bis Du nicht mehr anders kannst, und mit Deinem Dreizack ungestüm nach meiner warmen Höhle verlangst.

ICH FICK DICH MIT POESIE

Höre erst auf, wenn Du meinen Saft schmeckst,
obwohl ich fort bin,
und mich an jedem Ort der Welt siehst,
gepackt vom Wahnsinn.

Und je länger Du Dir Zeit lässt mit der Entscheidung,
desto offensiver wird mein Feldzug.
Ich schwöre Dir, mir die Krone zu verwehren,
ist nicht besonders klug.

Also tu Dir selbst einen Gefallen und kröne mich.
Denn der Verzicht auf meinen Körper hat es definitiv in sich.

Sei schlau und begreife, wer ich bin!
Du bist mein Opfer und ich bin eine verdammte Kämpferin.
Ich bin Deine gefährlichste Konkurrenz,
aber auch Dein größter Gewinn.
Mach mich zur Königin der Hölle
und gib Deinem Leben einen Sinn!

9 RACHENFICK

Du bist perfekt, und zwar überall.
Das ist jetzt ein poetischer Überfall.
Ich werde es Dir gerne beweisen,
indem meine Gedanken in diesem Moment nur um Dich kreisen.

Für mich hast Du den schönsten Körper der Welt.
Ich würde Dich niemals ersetzen, nicht mal für eine Menge Geld.
Selbst Deine Augen sind so märchenhaft tief,
dass ich mich schon oft in ihnen verlief.

Und Deine Lippen, Liebster, die schmecken so gut.
Weißt Du überhaupt, wie gut Küssen mit Dir tut?
Sofort werde ich dabei nass zwischen den Beinen.
Das ist die pure Wahrheit und definitiv kein Schleimen.

Denn immer, wenn Deine Zunge meine berührt
und damit meinen kompletten Körper verführt,
dann schwebe ich auf Wolke Sieben
und werde von meiner Lust in Deine Arme getrieben.

Ich will Dir unbedingt am Ohrläppchen knabbern.
Bei dem Gedanken ist mein Herz schon längst am Sabbern.
Du riechst auch immer so verdammt gut.
Wenn ich daran nur denke, überrollt mich die Sündenflut.

ICH FICK DICH MIT POESIE

Wie wäre es, Liebster? Ich liebkose zärtlich Deinen Nacken,
bis Deine starken Hände mein Hinterteil packen.
Bis sie mich gierig massieren
und als Dank „Laute der Lust" von mir kassieren.

Dann werde ich mit meinen Lippen über Deine Brust gleiten
und bestimmt Bock kriegen, Dich wild zu reiten.
Doch vorerst verwöhne ich Deine harten Nippel.
Zu dem Zeitpunkt sterbe ich gewiss schon vor Lust nach Deinem
festen Knüppel.

Sodass ich mich dann langsam herunter begebe,
während ich längst schon im siebten Himmel schwebe.
Der Weg ist das Ziel, und ich ändere kurzfristig meinen Plan.
Ich raube Dir einfach anders als sonst Deinen Samen.

Dafür hole ich Dein bestes Stück heraus.
Meine Lust, die schreit bei dem prächtigen Anblick laut Applaus.
Denn Du hast wahrlich den schönsten Schwanz der Welt.
Du kannst Dir wirklich sicher sein, dass er mir extrem gefällt.

Er ist nicht nur groß, sondern auch dick.
Bei diesem Augenschmaus will ich
auf jeden Fall einen harten Fick.
Also umschließe ich ihn mit meinen vollen Lippen,
die so herzlich um eine Kostprobe bitten.

Ich nehme ihn richtig tief in mich auf,
als wäre er nur ein ganz kleiner Knauf.
Doch in Wahrheit ist er viel, viel mehr.
Meinem Rachen gefällt das tiefe Vergnügen auch sehr.

9 RACHENFICK

Sofort läuft eine Masse Speichel aus mir heraus.
Was ist das nur für ein geiler Gaumenschmaus?
Ich schenke Dir einen richtigen Rachenfick,
Denn das gibt mir den ordentlichen Kick.

Und Du, Liebster, genießt die Enge in meinem Schlund,
bis du Dich ergießt in meinen Mund.
Und ich alles genüsslich herunterschlucke,
nicht nur einen Tropfen, sondern Deine ganze Liebessuppe.

Denn Dir, Liebster, erfülle ich jeden Traum.
Ich gebe all Deinen Wünschen einen eigenen Raum.
Weil Du etwas ganz Besonderes für mich bist,
und mein Herz Dich immer wieder neu vermisst.

10 DIE ERINNERUNG

Und wieder denk ich an Dich.
Ich verliere mich in dem Gedanken an Dein Gesicht.
Will Dich vergessen, weil es mir schwerfällt, ohne Dich zu sein.
Doch die Erinnerung an uns holt mich immer wieder ein.

Weißt Du noch, es ist noch nicht lang her?
Da warst Du hinter mir und meinem Körper her.
Du hast alles getan, um mich zu knacken.
Hast mir sogar einen Kuchen gebacken.

Ich war Deine Prinzessin und Du mein Prinz.
Ich habe das Waschpulver fallen lassen und Du hast gegrinst.
Wir haben zusammen Abenteuer erlebt
und die Welt unsicher gemacht.
Du und ich haben viel Zeit zusammen verbracht.

Du hast mir gezeigt, was Liebe ist.
Hast mich mit purer Leidenschaft geküsst.
Hast mich das erste Mal richtig berührt
und mich jeden Tag aufs Neue verführt.

Ich war mir sicher, dass Du der Richtige für mich bist.
Denn Du hast nicht nur meinen Mund
sondern auch meine Seele geküsst.

10 DIE ERINNERUNG

Doch alles war nur eine verdammte Fassade.
Es war Deine einstudierte Maskenparade.

Und wieder denk ich stark an Dich.
Ich verliere mich einmal mehr in den Gedanken an Dein Gesicht.
Will Dich vergessen, weil es mir schwerfällt, ohne Dich zu sein.
Doch die Erinnerung an uns holt mich immer wieder ein.

Jede Berührung von Dir hat mich an Dich gefesselt.
Du hast mich mit dem geilen Sex eingekesselt.
Doch ich hätte wissen müssen,
dass Du nur so ein toller Ficker bist,
weil Du Dich mit mehreren sexhungrigen Nebenbuhlerinnen triffst.

Es fällt mir echt schwer, zu begreifen,
dass Dich auch andere Mädchen mit ihrem Sexappeal einseifen.
Und doch will ich mir einfach nicht eingestehen,
dass der tolle Mann nicht existiert, den meine Antennen in Dir sehen.

Ich dachte wirklich, ich wäre etwas Besonderes für Dich,
doch wenn man nur eine von vielen ist, funktioniert das so nicht.
Ich habe Dir im Vertrauen meinen nackten Körper gegeben,
da hast Du schon längst jede Nacht mit Deinem harten Schwanz neben einer anderen gelegen.

Also muss ich Dich jetzt wohl vergessen,
obwohl ich Dich so sehr liebe?
Soll stark sein und akzeptieren, dass ich nun wieder allein in der Badewanne liege?

ICH FICK DICH MIT POESIE

Ich gebe mir Mühe, aus meinem Traum endlich zu erwachen.
Bilde mir ein, dass Du und Deine Kumpels bereits über meine
Naivität lachen.

Und jetzt denk ich auch schon weniger an Dich.
Ich verliere mich nicht vollständig
in den Gedanken an Dein Gesicht.
Will Dich noch immer vergessen,
weil es nicht leicht ist, ohne Dich zu sein.
Doch die Erinnerung an uns holt mich kaum mehr ein.

Immer mehr wird mir klar,
dass jedes Wort aus Deinem Mund eine beschissene Lüge war.
Dass die starken Hände, die mich so wundervoll berührten,
nicht nur mich, sondern auch andere naive Frauen verführten.

Dass Deine Lippen, die mir so viel Leben einhauchten,
mit ihrer Zunge vorher in fremde Körper eintauchten.
Und dass Dein Schwanz, den ich so gern in den Mund nahm,
auch anderen Mädchen gefährlich nahe kam.

Mit der Zeit, die verging, habe ich nun verstanden,
dass es nicht schwer ist, bei Dir zu landen.
Denn Du stehst für jedes Tor weit offen.
Es bringt nichts, auf echte Liebe zu hoffen.

Mit Dir habe ich einen Mann verloren, der jede fickt.
Der in einen Horizont voller Leere blickt.
Doch Du hast mit mir eine Frau verloren,
für die Du ein Diamant warst,
während Du unwissend über einer anderen lagst.

10 DIE ERINNERUNG

Und jetzt denk ich gar nicht mehr an Dich.
Ich verliere mich nicht in den Gedanken an Dein Gesicht.
Habe Dich vergessen, weil es mir schwerfällt, mit Dir zu sein.
Doch an manchen Tagen holt die Erinnerung an uns mich trotzdem ein.

11 10 GRÜNDE

1.

Ich will Dich ficken,
weil Du der heißeste Mann auf der Welt für mich bist.
Ohne Dich ist mein Leben langweilig und trist.

2.

Ich will Dich ficken,
weil niemand mich so berührt wie Du.
Bei anderen Männern mach ich komplett zu.

3.

Ich will Dich ficken,
weil Du so gut küssen kannst
und mit jedem Kuss neues Leben in meine Seele pflanzt.

4.

Ich will Dich ficken,
weil Du mich immer wieder aufs Neue verführst
und mich täglich zum Objekt Deiner Begierde kürst.

5.

Ich will Dich ficken,
weil mein Körper für Dich bebt
und er nur mit Dir zusammen vereint auf einer Wolke schwebt.

6.
Ich will Dich ficken,
weil Du mich so exzessiv begehrst
und Dich in keiner Weise gegen dieses Verlangen wehrst.

7.
Ich will Dich ficken,
weil Du so unglaublich sinnlich bist
und jeden Zentimeter meines Körpers auffrisst.

8.
Ich will Dich ficken,
weil Du so gut schmeckst,
und Du meine Spalte genüsslich ausleckst.

9.
Ich will Dich ficken,
weil Du den schönsten Schwanz der Welt hast.
Es gibt keinen anderen Schlüssel, der so perfekt in meine nasse Muschi passt.

10.
Ich will Dich ficken,
weil Du mir auf den Arsch kloppst,
wenn Du mich hart von hinten durchpoppst!

Es gibt noch unendlich viele Gründe mehr,
doch der schönste von allen ist:
Ich liebe Dich halt so sehr.

12 DIE BESCHERUNG

Von draußen aus dem Walde komme ich her.
Liebster, Dich zu finden, war gar nicht schwer.
Ich habe in der Tasche ein Geschenk für Dich.
Sag, was hast Du im Gegenzug für mich?

Aus der Schublade hol ich ein heißes Kostüm heraus,
natürlich passend zum Weihnachtsbrauch.
Danach schlüpfe ich in das rote Negligé hinein.
Du hast mein Wort, das wird fein.

Liebster, Du bekommst das volle Programm.
Für Dich ziehe ich sogar schwarze Strapse an.
Dann setze ich eine rote Mütze auf,
und sobald ich fertig gestylt bin, steige ich auf Deinen Schoß hinauf.

Dir gefällt, was Du siehst, das ist klar.
Mit mir werden all Deine Wünsche wahr.
Du gierst in vollem Umfang nach mir.
In diesem Augenblick zählen nur noch wir.

Dann lege ich mein Geschenk in Deine Hand,
eingehüllt in das sexy Weihnachtsgewand.
Als Du mich ansiehst, sprechen Deine Blicke für sich.
Ich zwinkere Dir zu und meine Lippen fragen Dich:

12 DIE BESCHERUNG

Von draußen aus dem Walde komme ich her.
Liebster, Dich zu finden, war gar nicht schwer.
Ich lege in Deine Hand ein Geschenk für Dich.
Sag, was hast Du im Gegenzug für mich?

Damit hast Du nicht gerechnet, erschrocken siehst Du mich an.
Dir ist es unangenehm,
denn so schnell bekommst Du keine Überraschung mehr ran.
Doch Deine spontane Antwort spricht für sich.
Du sagst werbend: „Ich hab mich, ich hab mich!"

Dieser Tausch gefällt mir sehr.
Das anzunehmen ist gar nicht schwer.
Ich guck Dir zufrieden dabei zu,
als Du das Geschenk endlich packst aus.
Und zu Deiner Verwunderung
holst Du einen „Deep-Throat-Vibrator" raus.

Sofort schalten wir ihn beide an.
Wir wollen schließlich wissen, was so ein Spielzeug alles kann.
Auch Gleitgel liegt im Karton mit zu.
Wird Zeit, es zu testen, ganz in Ruh.

Und dann geht unser Abenteuer auch schon los.
Es dauert nicht lang und es wird unruhig in Deiner Hos.
Du kannst es nicht mehr erwarten
und willst es endlich ausprobieren.
Also, mein Liebster, werde ich Dich nun verführen.

ICH FICK DICH MIT POESIE

Von draußen aus dem Walde komme ich her.
Liebster, Dich zu überraschen war gar nicht schwer.
Ich probiere das Geschenk für Dich.
Sag, was hast Du im Gegenzug für mich?

Gierig hole ich Deinen geilen Schwanz heraus.
Für mich ist er schöner als jeder Blumenstrauß.
Doch ich will ihn erst mal selber schmecken,
und mit der Zunge davon genüsslich jeden Zentimeter lecken.

Dann lege ich den künstlichen Mund auf Dein dickes Teil drauf.
Ja, Baby, lass Deinen Emotionen freien Lauf.
Ich stelle die Stufe „Eins" bei dem Gerät ein.
Dein erstes Stöhnen dazu, das klingt sündhaft fein.

Behutsam arbeiten wir uns zu zweit Stufe für Stufe hoch.
Du findest dieses Erlebnis mehr als grandios.
Denn das Spielzeug schmatzt wie ein echter Mund.
Heimtückisch bildet es mit Dir einen eigenen Bund.

Du schließt die Augen und lässt Dir das sündige Spiel gefallen.
Während Deine Finger sich in die goldene Decke krallen.
Wir versinken beide in der Lust,
die durch den kleinen Raum schwebt,
in dem Moment, als Du Dein Becken mehr wollend anhebst.

Von draußen aus dem Walde komme ich her.
Liebster, Dich zu überraschen gefällt mir gar sehr.
Mit dem neuen Geschenk verwöhne ich Dich.
Sag, was gibt es im Gegenzug für mich?

12 DIE BESCHERUNG

Oh ja, genieß es, hübscher Mann,
heute bist Du mit dem Verwöhnprogramm dran.
Das ist mein Weihnachtsgeschenk heut für Dich.
Oh Baby, ich hoffe, Du kommst gleich nur für mich.

Doch als ich sehe, wie die Lust Dich im vollen Umfang packt,
da werde ich feucht und mach mich untenrum nackt.
Dann nehme ich provokant das Spielzeug wieder runter von Dir.
Ich flüstere: „Los, nimm mich, bevor ich mich verlier!"

Bei dem Satz horchst Du auf und Deine Augen öffnen sich.
Sie gieren vor Lust, und zwar fürchterlich.
Ich dreh mich willig um und lege mich auf den Bauch.
Dabei strecke ich aufreizend meinen Arsch heraus.

Und gewähre Dir Einblick in mein helles und dunkles Loch.
Erst zögerst Du, aber dann wählst Du doch.
Du entscheidest Dich für die Dunkelheit.
Ja Liebster, ich bin heute dafür bereit.

Von draußen aus dem Walde komme ich her.
Liebster, dich zu überraschen gefiel mir gar sehr.
Hast Du nun auch ein Geschenk für mich?
Sag schon, bekomme ich jetzt den ersehnten Stich?

Dann dringst Du endlich in mich ein.
Du bist vorsichtig und willst mich
von meiner Unerfahrenheit befreien.
Bahnst Dir sachte und langsam den Weg,
in meinen dunklen, bis dahin unberührten Steg.

ICH FICK DICH MIT POESIE

Schon bald bildet sich ein gleitender Film,
von da an wird es richtig schön.
Du stößt schneller zu und verwöhnst mich dabei mit der Hand.
Dein Sexhunger ist mir vollständig zugewandt.

Dann flüsterst Du mir ins Ohr: „Oh Baby, komm für mich!"
Und ich lass Dich dabei nicht im Stich.
Mein Körper explodiert vor tobender Leidenschaft,
als Du mich ausfüllst mit Deinem Saft.

Oh Baby, das war wirklich schön.
Ich will Dich jedes Weihnachten auf diese Art verwöhnen!
Also sei immer artig und niemals gemein.
Dann wird die Bescherung nächstes Jahr wieder ausgesprochen verfickt sein.

Von draußen aus dem Walde komme ich her.
Liebster, Dich zu überraschen gefiel mir gar sehr.
Nächstes Jahr habe ich wieder ein Geschenk für Dich.
Sag, was hast Du dann im Gegenzug für mich?

13 FICKNICK

Oh Baby, los, schau aus dem Fenster!
Die Sonne scheint und der Himmel ist blau.
Bei dem Wetter verwandle ich mich in die perfekte Frau.
Darum lade ich Dich auf ein Ficknick ein.
Na, wie wäre es? Nur Du und ich ganz allein.

Wir treffen uns einfach nachmittags um vier.
Ich freu mich auf Dich, mein wilder Stier.
Eine Decke nehme ich für uns beide dann mit.
Ich bin echt bereit für einen geilen Ritt.

Die Wahrheit ist, ich kann es kaum erwarten,
mit Dir in ein neues Abenteuer zu starten.
Und der See ist doch wie für uns gemacht.
Sag schon, Baby, krieg ich damit das Feuer in Dir entfacht?

Du findest mich hinter den Sträuchern am Wasser.
Und ich wette, Du spielst mich noch viel, viel nasser.
Ich bringe uns viel Lust und ein Brötchen mit.
Du lieferst die Wurst, und wir sind quitt.

ICH FICK DICH MIT POESIE

Dann können wir uns in Ruhe vernaschen
und uns beide ausgiebig miteinander befassen.
Bei dem Gedanken an dieses Mahl
läuft mir schon das Wasser im Mund zusammen.
Sag, Baby, hast Du auch bereits so ein Verlangen?

Ich verspreche Dir, Du wirst es nicht bereuen.
Du kannst Dich auf mein leckeres Brötchen freuen.
Sag einfach nur Ja zu unserem kleinen Date.
Dann zeige ich Dir, wie man mit einem Ficknick Spaß haben kann, ohne Geld.

14 BUMERANG

Meine Fähigkeit zu lieben,
hat mich in Deine Arme getrieben.
Ich komm nicht dagegen an, denn Du bist wie ein Bumerang.
Und egal, was ich auch tu,
gehe ich fort, kommst Du irgendwann dazu.

Ich war stark, doch nicht stark genug.
Denn Du hast mich eingeholt und ich habe Dich dafür verflucht.
Doch dies hielt wie immer nicht lange an.
Du hast mich angesehen und ich wusste, Du bist mein Mann.

Du hast mich gepackt und in Deine Arme genommen.
Die aufgebaute Mauer ohne Anstrengung erklommen.
Hast mich angesehen mit erregtem Blick.
Ich konnte Dir nicht widerstehen,
und es kam zu einem Versöhnungsfick.

Alles war wieder perfekt.
Mein Bettlaken hast Du mit Deinem Lusttropfen befleckt.
In mir war der Rausch neu zum Leben erwacht.
Du hast mit Deinem Schwanz ein neues Feuer in mir entfacht.

Danach gingst Du wieder von mir fort,
denn Du lebst an einem anderen Ort.

ICH FICK DICH MIT POESIE

Leider hat es nicht lang gedauert
und das Drama hat uns wiederholt ereilt.
Wie schon so oft hat uns die Entfernung entzweit.

Und ja, die Fähigkeit zu lieben,
hat mich in Deine starken Arme getrieben.
Ich komm nicht dagegen an, denn Du bist wie ein Bumerang.
Und egal, was ich auch tu,
gehe ich fort, kommst Du irgendwann dazu.

Und nun hüllen wir unsere Körper in Stille ein,
statt vor Lust das Leben aus uns herauszuschreien.
Du bist so weit von mir entfernt.
Ich dummes Huhn habe es schon wieder nicht gelernt.

Und ja, mein Verstand weiß, es ist besser zu gehen.
Ich wünschte nur, mein Herz würde es genauso sehen.
Denn obwohl ich jeden Grund habe, Dich zu hassen,
kann mein unersättlicher Hunger nicht aufhören, sich mit Dir zu befassen.

Ich bin wütend auf Dich und so verletzt.
Hab vorhin all unsere Bilder in tausend Einzelteile zerfetzt.
Doch gleichzeitig denk ich pausenlos an Dich.
Denk an unsere letzte Begegnung, denn die hatte es in sich.

Wir waren doch so verrückt nacheinander und von Glückshormonen getrieben.
Weißt Du noch?
Wir haben es geschafft, uns wie zwei Amazonen zu lieben.
Wir waren wie Kinder, die eine neue Welt entdecken.
Haben uns gegenseitig bewundert mit all unseren Facetten.

14 BUMERANG

Und ja, ich weiß, meine Fähigkeit zu lieben,
hat mich in Deine Arme getrieben.
Ich komme nicht dagegen an, denn Du bist wie ein Bumerang.
Es ist egal, was immer ich auch tu,
gehe ich fort, kommst Du irgendwann zu mir hinzu.

Je mehr Zeit vergeht, umso mehr vermisse ich Dich.
Und all Deine Fehler werden zu meinen und verwandeln sich.
Ich sehe nur noch Deine Augen in meinem Kopf,
spüre immer noch Deine kräftige Hand an meinem Zopf.

Wie ein Fluch löst sich alles Schlechte mit jeder Sekunde,
die vergeht, auf.
Mich zu manipulieren, das hast Du wahrhaftig drauf.
Noch immer fühle ich Deine harte Beule in meinem Schoß.
Ich werde wahnsinnig, die Sehnsucht geht schon wieder von vorne los.

Die Lust ist in mir, ist viel stärker als mein Stolz.
Doch Dein Ego ist diesmal so stabil wie ein hartes Stück Holz.
Je mehr Du Dich entfernst, desto mehr möchte ich Dich spüren.
Oh Baby, kannst Du mich nicht noch einmal verführen?

Ich will von Deiner mir so vertrauten Haut kosten
und nicht weiter an meiner Sehnsucht verrosten.
Willst Du nicht auch wie ich einen Versöhnungsfick?
Warum macht es bei Dir diesmal nicht genauso Klick?

ICH FICK DICH MIT POESIE

Und ja, ich weiß, meine Fähigkeit zu lieben,
hat mich in Deine Arme getrieben.
Ich komme nicht dagegen an,
doch diesmal bin ich der Bumerang.
Gehst Du jetzt fort und lässt mich in Ruh,
komme ich wieder zu Dir hinzu.

15 SOLOSPIEL

Baby, ich werde Dir heute Abend was schenken.
An das kannst Du noch lange denken.
Ich stell die Videokamera vor mir auf.
Dann bin ich mit dem ganzen Körper auf dem Film drauf.

Na, wie hört sich das für Dich an?
Sicherlich fragst Du Dich jetzt schon „Und dann?"
Das beantworte ich Dir sehr gerne.
Ich hoffe, Du spielst nachher, wenn ich Dir das Video schicke, an Deiner Laterne.

Denn ich werde mich für dich sinnlich ausziehen.
Sobald ich nackt bin, werde ich erotisch niederknien.
Und dann werde ich mich überall selbst berühren.
Ich werde mich vor Dir solo spüren.

Der Grund ist simpel, denn Du machst mich einfach an.
Und zwar alles an Dir, nur Du bist mein Mann.
Ich werde ganz heiß bei Deinem Blick.
Der Solosex vor Dir gibt mir den ordentlichen Kick.

Sieh mir nachher dabei zu,
wie ich die Lust von meinen Lippen lecke.
Wie ich mich für Dich Stück für Stück selber schmecke.
Und dann lausche, wie ich dabei stöhne,
wenn ich mich für Dich selbst verwöhne.

ICH FICK DICH MIT POESIE

Du wirst sehen, wie ich langsam gleite mit meinen Fingern über meine Haut.
Oh Baby, glaub mir, ich bin mir selbst so vertraut.
Ich weiß genau, was mir gefällt
und was besser ist als jedes Geld der Welt.

Für Dich streichle ich sanft über meine Brust,
dann nehme ich sie in die Hand und geb ihr einen Zungenkuss.
Ich schmecke selber von meinen Knospen.
Willst Du vielleicht auch mal kosten?

Du weißt, ich wäre nicht abgeneigt,
da mein Unterleib stets nach Dir schreit.
Doch erst mal zeige ich Dir, wie es richtig geht.
Auch wenn Dein Schwanz bei dem Gedanken schon aufrecht steht.

Oh ja, Baby,
ich streichle mir nachher mit den Fingern sanft über die Beine.
Dabei stell ich mir vor es wären Deine.
Und kurz darauf taste ich langsam mit den Fingerspitzen
zu meinen intimen Ritzen.

Von dort wandern sie noch mal zu meinem Mund.
Das hat natürlich einen bestimmten Grund.
Ich feuchte sie extra für Dich an,
damit ich sie besser in mich reinstecken kann.

Und Baby, stellst Du Dir schon vor,
wie ich Dich reinlasse in mein nasses Tor?

15 SOLOSPIEL

Während mein Finger meine feuchte Möse stopft,
denke ich an die Lust, die längst aus Deiner Eichel tropft.

Für Dich, Baby, tauche ich immer wieder in mich ab.
Guck ruhig richtig hin und schau zu mir herab.
Ich wette, Dein Schwanz steht nachher wie eine „Eins",
wenn Du mich ansiehst und Dir klar wird, ich bin Deins.

Irgendwann schließe ich dann meine Augen
und gebe mich mir weiter hin.
Fühlst Du selber den Sinn darin?
Ja, Baby, mir wird nach einer Weile ganz warm.
Guck es Dir intensiv an, ich habe vor Dir keine Scham.

Wenn Du gesehen hast, dass mich die Explosion ereilt
und kurz in meinem Körper verweilt,
dann ruf mich bitte danach an!
Wenn Du magst, komm auch gerne vorbei und nimm mich ordentlich ran.

Dann führst Du Deine dicke Männlichkeit in mich ein.
Willst wie ich mit Dir mit mir verbunden sein.
Fickst mich willig so hart durch, wie ich es brauche,
bis ich restlos vor Lust auslaufe.

Na, Baby, bist Du jetzt überreizt?
Habe ich Dich ordentlich aufgeheizt?
Denkst Du jetzt an meine nasse Muschi?
Oh Baby, dann freu Dich auf nachher,
nun ess ich erst mal leckeres Sushi.

16 GESTÖRT

Ich bin komplett gestört,
wenn es um Deine Berührung geht.
Will mit Dir schlafen,
immer wenn der Wind durch mein Haar weht.
Du hast mein Gehirn dermaßen gefickt.
Hast Dich eingeschlichen ganz geschickt.

Einst war ich normal und unverbraucht,
doch dann kamst Du und hast meine Moral
in einen Haufen Asche getaucht.
Ich wusste nicht, was Begehren ist.
Aber ich war charakterschwach und fiel rein auf Deine List.

Ich kann es mir nicht erklären,
denn meine Mauer war stark und aus Stein.
Doch ohne Probleme schlugst Du sie Stück für Stück ein.
Nicht nur ein bisschen, sondern bis nichts mehr davon übrig war.
Es dauerte nicht lange, und plötzlich stand ich ohne Kleidung da.

Seitdem bin ich Dir ausgeliefert, komplett hüllenlos.
Jeden verdammten Tag warte ich auf den nächsten Stoß.
Es ist mir unmöglich, mich dagegen zu wehren.
Oh Baby, viel zu groß ist mein Begehren.

16 GESTÖRT

Denn ich bin komplett gestört,
wenn es um Deine Berührung geht.
Will mit Dir schlafen,
immer wenn der Wind durch mein Haar weht.
Du hast mein Gehirn so dermaßen gefickt.
Hast Dich mit List eingeschlichen ganz geschickt.

Wie ein Junkie warte ich mittlerweile täglich auf Deinen Besuch.
Ja, vielleicht bist Du auch ein verfickter Fluch.
Doch was auch immer mich an Dir hält,
Fakt ist, Du hast mein Leben komplett umgestellt.

Ich verzehre mich so sehr nach Dir.
Ich tue alles für ein gemeinsames „Wir".
Bitte ruf mich jetzt sofort an!
Komm zu mir und nimm mich hemmungslos ran!

Und dann Baby, fick die Geisteskrankheit aus mir heraus.
Befreie mich davon mit einem Gaumenschmaus.
Bitte zügele mich so hart, wie es nur geht.
Sonst ist es vielleicht bald komplett für mich zu spät.

Denn ich bin vollständig gestört,
wenn es um Deine Berührung geht.
Will jetzt mit Dir schlafen,
als der Wind durch mein Haar weht.
Du hast mein Gehirn so dermaßen gefickt.
Hast Dich darin eingeschlichen ganz geschickt.

17 DANKE

Im Leben sollte man nicht immer nur klagen.
Man muss auch mal den tollsten Menschen „Danke" sagen.
Und zwar für jeden besonderen Moment.
Denn Zeit hält nicht an, sondern sie rennt.

Also danke ich Dir, mein Prinz, für jede Stunde und jeden Akt.
Für jedes unserer Abenteuer im eigenen Takt.
Ich danke Dir für all die Erinnerungen,
die mich jetzt immer begleiten,
und für all die geilen Bilder im Kopf,
in denen wir uns gegenseitig reiten.

Ich danke Dir für die Inspiration,
die Du mir schon seit Jahren gibst.
Immer dann, wenn Du mich genüsslich und hart durchfickst.
Und am meisten danke ich Dir für die Zeit, die Du mir schenkst.
Du weißt gar nicht, wie sehr mich das von Problemen und Sorgen ablenkt.

Ich liebe Dich aus tiefster Seele, das steht fest.
Du bist was Besonderes für mich und anders als der Rest.
Du bist der größte Zugewinn in meinem Leben.
Du bist mein heißer, verfickter Goldregen.

18 DIE DROGE

Oh Baby, mein Körper verlangt nach Dir in jeder Nacht.
Es ist meine Sehnsucht, die ohne Dich zum Leben erwacht.
Jeder Moment ohne Dich ist wie ein Entzug.
Ich bin gefangen im ewigen Selbstbetrug.

Trotz aller Warnungen habe ich von Dir gekostet.
Sofort war ich wie schockgefrostet.
Es war schön und zuerst war der Rausch nur flüchtig,
doch es dauerte nicht lange und ich wurde süchtig.

Ich weiß nicht mehr weiter, was soll ich nur tun?
Bist Du nicht da, fangen die Zweifel an, mich auszubuhen.
Ich halte es nie lange ohne Dich aus.
Bin nichts ohne Dich in diesem großen Haus.

Immer wenn Du mir die nächste Dosis schenkst
und damit neue Grenzen sprengst,
dann bin ich in einem kompletten Rausch.
Um das zu erleben, gebe ich Dir gerne meinen Körper im Tausch.

Denn nur mit Dir schwebe ich im größten Glück.
Meine Droge ist Dein bestes Stück.
Wenn Du mir Deinen Liebessaft bringst, machst Du aus uns ein „Wir".
Oh Baby, ich bin komplett abhängig von Dir.

ICH FICK DICH MIT POESIE

Denn mein Körper verlangt nach Dir in jeder Nacht.
Es ist meine Sehnsucht, die ohne Dich zum Leben erwacht.
Jeder Moment ohne Dich ist wie ein Entzug.
Ich bin gefangen im ewigen Selbstbetrug.

Du hast mich angefixt und erlegst mich, als wäre ich eine Beute.
Doch das ändert nichts, ich will mit Dir ficken, und zwar heute.
Bevor die Entzugserscheinungen mich ereilen,
versetz mir bitte den nächsten Stoß.
Oh Baby, komm in meinen warmen Schoß.

Dann fülle mich komplett mit Deiner Männlichkeit aus
und schieß aus Deiner Spritze
den warmen Lebenssaft aus Dir heraus.
Bitte hilf mir diese Nacht, ohne Schmerzen zu überleben,
wenn Du nicht kommst,
muss ich mich sonst vor Qual übergeben.

Und ja, Baby, ich weiß, es hält nie lange an.
Bei einem guten Schuss maximal einen Tag
und es fängt alles von vorne an.
Sehe, seit Du mich mit Deinen geilen Ficks verführst,
nicht mehr klar.
Aber durch Dich bin ich ein Junkie, und das ist wahr.

Denn Du bist meine größte Sucht.
Vernachlässigst Du mich,
verwelke ich wie eine vergessene Frucht.
Ich kann einfach nicht mehr ohne Dich sein.
Darum lass ich Dich auch heute wieder in mein nasses Loch herein.

18 DIE DROGE

Denn mein Körper verlangt nach Dir auch in dieser Nacht.
Es ist meine Sehnsucht, die ohne Dich zum Leben erwacht.
Warum ist jeder Moment ohne Dich nur wie ein Entzug?
Sag, Baby, wie lange bin ich noch gefangen im ewigen Selbstbetrug?

19 SCHLAFLOS

Oh Baby, gerade bin ich aufgewacht
und sofort habe ich an Dich gedacht.
Denn ich hatte einen wilden Traum von Dir.
Ich wünschte mir, Du wärst jetzt hier.

Nun kann ich nicht mehr schlafen und es fällt mir schwer,
zu verstehen,
dass wir uns heute nicht mehr sehen.
Oh Baby, mein Slip, der ist schon nass vor Lust.
Ich bin unbefriedigt und das macht Frust.

Drum stell ich mir vor, Du wärst jetzt hier.
Ein Foto von Dir liegt neben mir.
Und dann, mein Liebster, geht es auch schon los.
Ich stell mir vor, ich sitze auf Deinem Schoß.

Während ich sündhaft auf einem Vibrator reite.
Der Klitorisstimulator massiert indessen meine Spalte.
Ich mache solange weiter,
bis ich mich in diesem geilen Gefühl verlier.
Oh Baby, ich mutiere wahrhaft zum wilden Tier.

Dabei verfalle ich vollkommen meinem sexuellen Verlangen.
Bin ein Opfer und in meinem Trieb gefangen.
Oh Baby, der Gedanke an Dich gibt mir den Rest.
Durch Dich feiert meine Muschi ein großes Fest.

19 SCHLAFLOS

Du, Baby, die Lust auf Dich bringt mein Blut zum Kochen.
Ich fühle mich wie angestochen,
als das Feuerwerk mich gänzlich von der Schande befreit
und mir für einen kurzen Augenblick Glücksgefühle verleiht.

20 ZIEH MICH AUS

Oh Baby, bitte zieh mich endlich aus!
Ich verspreche Dir, ich liefere den entsprechenden Applaus.
Dann kannst Du mich das erste Mal richtig geil rannehmen
und mit mir gemeinsam um die Wette stöhnen.

Was stehst Du da hinten denn nur so rum?
Jetzt guck doch bitte nicht so dumm!
Trau Dich, mein Liebster, und komm einfach zu mir!
Ich verspreche, ich warte auf Dich und bleibe hier.

Ich bleibe für Dich ganz ruhig stehen,
dann kannst Du Dich zügellos an mir vergehen.
Kannst den Träger des Kleides von meiner Schulter streifen,
und mit Deinen starken Händen nach mir und meinem Körper greifen.

Sag schon, gefällt Dir die Idee, mich das erste Mal zu berühren
und meine zarte Haut an Deinen Fingerspitzen zu spüren?
Ja? Dann tritt ruhig ein Stück näher an mich heran.
Greifst Du nach meinem Stoff, steh ich für Dich stramm.

Oh Baby, los zieh mich endlich aus!
Ich verspreche Dir, ich liefere den entsprechenden Applaus.
Dann kannst Du mich ordentlich hart rannehmen,
und mit mir gemeinsam um die Wette stöhnen.

20 ZIEH MICH AUS

Und wenn Du mich dann endlich
von der störenden Seide befreist,
während Du zusammen mit Deinem Schwanz
bereits nach mir schreist,
werde ich mich nach vorne runter beugen.
Dann kannst Du schon mal mein tiefes Loch beäugen.

Ich strecke Dir meinen Hintern provokant entgegen.
Du wirst sehen, ich werde alle schlafenden Sinne in Dir beleben.
Oh Baby, die Wahrheit ist,
ich werde so lange mit meinen Reizen geizen,
bis Deine Finger meine nasse Öffnung auseinanderspreizen.

Denn ich will, dass Dein harter Bolzen
endlich den Weg in mein Inneres sucht.
Ja, Baby, ich bin dreckig, schmutzig und verrucht.
Und der Gedanke, wie Dein dicker Schwanz mich stopfen kann,
schaltet in mir den Fickmodus an.

Und jetzt, Baby, zieh mich endlich aus!
Ich verspreche Dir, ich liefere den entsprechenden Applaus.
Dann kannst Du mich so richtig geil rannehmen
und mit mir um die Wette stöhnen.

Jetzt ist es so weit und Du hast mich erhört.
Ich habe Dich mit all meinen sündigen Sinnen betört.
Du warst nicht mehr fähig, von mir zu lassen.
Ich habe es Dir unmöglich gemacht, Dich mit etwas anderem zu befassen.

ICH FICK DICH MIT POESIE

Du wolltest unbedingt in mein nasses Loch hinein.
Und jetzt bringst Du mich
mit Deinem dicken Schwanz zum Schreien.
Stößt so hart zu wie ein ausgewachsener Mann.
Kannst nichts tun gegen diesen verbotenen Drang.

Du bist ihm ausgeliefert und der eigene Sklave Deiner Lust.
Und ich habe es in Dir ausgelöst, ganz bewusst.
Als der Höhepunkt Dich ereilt, zuckst Du stark zusammen,
und ich habe Dich für meine Zwecke eingefangen.

Und nun, Liebster, zogst Du mich wie erwartet aus!
Ich hielt mein Versprechen
und lieferte den entsprechenden Applaus.
Jetzt hast Du Blut geleckt und kannst mich öfter hart rannehmen.
Dann können wir gemeinsam beide um die Wette stöhnen.

21 WER BIN ICH FÜR DICH

Wer bin ich für Dich,
wenn ich vor Dir steh?
Und Dir dabei tief in Deine Augen seh?
Wenn ich Dich mit meinem Blick einfange
und aus tiefster Seele nach Dir verlange?

Wer bin ich für Dich,
wenn ich den Träger meines Kleides herunterstreife
und mich währenddessen mit Deiner Lust einseife?
Wenn ich mich Dir hüllenlos zeige
und mich vor Deinem Schwanz verneige?

Wer bin ich für Dich,
wenn ich Dir für Deine geheimen Vorlieben zur Verfügung steh
und für Dich in jeden gefährlichen Abgrund geh?
Wenn ich Grenzen übertrete, die mich in die Hölle bringen,
nur um Deine Dämonen zu bezwingen?

Wer bin ich für Dich,
wenn ich mich Dir hingebe für Deine Lust,
völlig klar und bewusst?
Wenn ich Dir jeden Deiner Wünsche erfülle
und Dich mit meinem Glanz umhülle?

ICH FICK DICH MIT POESIE

Wer bin ich für Dich,
wenn ich Dich auffange in den schlimmsten Momenten,
und ich die schützende Form annehme von allen Elementen?
Wenn ich mich opfere für Deinen Schutz
und mich dabei beflecke mit Dreck und Schmutz?

Wer bin ich für Dich,
wenn ich Dich ablenke von Deinem Dauerfrust
und Du Dich auf andere Gedanken bringst,
indem Du knabberst an meiner Brust?
Wenn Du mich schmeckst mit all Deinen Sinnen
und Deine Neigungen unser Treiben bestimmen?

Wer bin ich für Dich,
wenn ich nach Dir und Deinem Körper rufe
oder unsere Beziehung manchmal verfluche?
Wenn ich aber trotzdem nie von Dir geh
und weiterhin optimistisch in die Zukunft seh?

Wer bin ich für Dich,
wenn ich Dir neues Leben einhauche,
auch wenn ich mich dabei selbst verlaufe?
Wenn ich Dich auftanke mit meinem Verwöhnprogramm
und meine Hände über Deinen Körper gleiten, als wären sie ein
Schwamm?

Wer bin ich für Dich,
wenn Du Dir mit mir die Zeit vertreibst
und Dir meinen nackten Körper einverleibst?
Wenn Du mich langsam und genüsslich poppst
und unseren Liebesakt mit Absicht nicht stoppst?

21 WER BIN ICH FÜR DICH

Wer bin ich für Dich,
wenn Du mir beim Ficken tief in die Augen schaust
und mir damit komplett den Verstand raubst?
Wenn Du den Höhepunkt verzögerst aus Rücksicht auf mich?
Sag mir, Liebster, wer bin ich wirklich für Dich?

22 DER STREIT

Und immer, wenn wir uns streiten,
drückst Du mich herrisch gegen die Wand.
Dann leiste ich erst noch Widerstand.
Bis Deine Hand kontrolliert meinen Hals packt
und Du gierst nach einem Versöhnungsakt.

Wütend sehe ich Dich an,
weil ich Dich gerade nicht leiden kann.
Mann, Baby, was bildest Du Dir denn bloß ein?
Das kann doch nicht Dein Ernst sein!

Sind wir schon wieder an diesem Punkt angelangt?
Habe ich mir wirklich mal wieder die Finger an Dir verbrannt?
Lässt Du mich echt schon wieder allein?
Manchmal glaube ich, Dein Herz ist aus Stein.

So kann das mit uns nicht mehr weitergehen.
Ich habe es satt, ständig um Deine Anwesenheit zu flehen.
Du hast mich schon wieder erneut belogen.
Ich fühle mich gänzlich von Dir betrogen.

Enttäuscht schaue ich von Dir weg.
Du hast es geschafft, ich fühle mich wie der letzte Dreck.
Ich glaube, ich will Dich gar nicht mehr sehen.
Doch dann fängst Du an, an meiner Stimmung zu drehen.

22 DER STREIT

Du drückst mich herrisch gegen die Wand.
Ich leiste erst noch Widerstand.
Bis Deine Hand grob meinen Hals packt
und Du mit Deinem Körper gierst nach einem Versöhnungsakt.

Du machst mich wehrlos und siehst mich an mit lüsternem Blick.
Alles in Dir hofft auf einen Versöhnungsfick.
Du drückst Deinen Schwanz fordernd in meinen Schoß.
Ich frag mich: „Mann, was soll das bloß?"

Und doch macht es mich außerordentlich geil.
Ich spüre an mir Dein hartes Teil.
Sofort werde ich nass zwischen meinen Beinen.
Unterwäsche trage ich wie immer keine.

Mein Herz schreit Ja, mein Kopf sagt Nein.
Dein Schwanz will aber unter allen Umständen in meine nasse Muschi hinein.
Fordernd sucht Deine Hand sich den Weg unter meinen Rock.
Oh Baby, was bist Du nur für ein notgeiler Bock?

Als Deine Finger sich den Weg in meine nasse Höhle bahnen,
kann ich längst kein Ende der Beziehung mehr planen.
Du dringst so forsch in mich ein.
Ich kann nicht mal mehr um Hilfe schreien.

Und immer, wenn wir uns streiten,
drückst Du mich herrisch gegen die Wand.
Dann leiste ich erst noch Widerstand.
Bis Deine Hand kontrolliert meinen Hals packt
und Du gierst nach einem Versöhnungsakt.

ICH FICK DICH MIT POESIE

Ich bin vor Lust total zerrissen,
will Deine Nähe auch gar nicht missen.
Aber soll das jetzt die Lösung unserer Probleme sein?
Ich weiß ganz genau, hinterher bin ich ja doch allein.

Was solls, egal.
Ich scheiß auf die Qual.
Was zählt, ist genau dieser Moment.
Denn unsere Zeit, sie geht nicht, nein, sie rennt.

Besitzergreifend steckst Du Deinen Knüppel in mich hinein.
Ich kann mich nicht mehr wehren,
sondern nur noch laut schreien.
Also schließe ich meine Augen und gebe mich Dir hin.
Dieser Fick ist versöhnlich und enthält für Dich einen Sinn.

Denn danach füge ich mich.
Wie es mir dabei geht, interessiert dich nicht.
Bis zum nächsten Streit gehst Du jetzt weiter ohne mich durch die Welt.
Leider ist es Dir gleich, ob es mir gefällt.

Und bevor wir uns wieder lange streiten,
drückst Du mich herrisch gegen die Wand.
Es ist wie verhext, erst leiste ich noch Widerstand.
Bis Deine Hand kontrolliert meinen Hals packt
und Dein Schwanz giert nach einem Versöhnungsakt.

23 DENKST DU AN MICH

Denkst Du an mich,
wenn Du sie küsst?
Wenn Du meine Seele mit jedem Kuss unaufhaltsam disst?

Denkst Du an mich,
wenn Du an sie näher heranrückst?
Kurz bevor Du sie genüsslich fickst?

Denkst Du an mich,
wenn Du sie nass spielst, um tief in sie einzudringen?
Nur um kurz danach Deinen riesigen Schwanz in sie rein zu zwingen?

Denkst Du an mich,
wenn Du sie leckst?
Wenn Du Deine raue Zungenspitze in ihre nasse Muschi steckst?

Denkst Du an mich,
wenn Du ihr sagst, dass Du sie liebst?
Obwohl Du die Nacht lieber bei mir bliebst?

Sag mir, Liebster, denkst Du an mich,
wenn sie vor Lust laut aufschreit?
Und ihr Herz jeden Zweifel an eine andere Frau vertreibt?

ICH FICK DICH MIT POESIE

Ja, Baby, manchmal wüsste ich gerne,
wie oft Du an mich denkst.
Würde wissen wollen,
ob Du mir auch so viele Gedanken schenkst.
Ob Dein Herz meins hört, wenn es nach Dir ruft,
und Du mich deswegen so oft besuchst.

24 EGAL

Eins klappt bei uns beiden nie.
„Ohne einander zu sein", ich wüsste nicht, wie.
Wir ziehen uns immer wieder an.
Es ist egal, wo und egal, wann.

Und immer, wenn ich bei Dir war,
war mir nie so wirklich klar,
was Dir am besten an mir gefällt.
Ist es mein Aussehen, bin ich gut zu ficken oder ist es mein Geld?

Ich stellte mir oft die Frage, wie muss ich für Dich sein?
Willst Du mich lieber versaut oder doch lieber fein?
Vielleicht lieber unnahbar und rar, oder eher verliebt
und explosiv wie ein Haufen Dynamit?

Doch es war schon immer leichter, statt zu sprechen,
das Eis zwischen uns mit sexuellem Verlangen zu brechen.
Also taute ich auf in Deinem Begehren
und traute meinen Sinnen, die sich wild nach Dir verzehren.

Denn auch wenn die verbale Konversation zwischen uns nicht gelingt,
kann ich mir sicher sein, dass Dein Schwanz auf jede Unterhaltung mit mir anspringt.

ICH FICK DICH MIT POESIE

Also gab ich mich Dir und Deinen Gelüsten hin.
Es dauerte nicht lange und Ficken wurde unser Sinn.

Wir wurden zwei Vertraute auf gemeinsamen Reisen.
Hielten uns am Leben, indem wir voneinander speisten.
Denn wir sind beide schmutzig und verdorben.
Das Schicksal hat uns füreinander auserkoren.

Wir gaben uns oft alles und dann auch wieder nichts.
Hielten uns fest, wenn nötig mit Tricks.
Wir waren nicht fähig, die Hände von uns zu lassen.
Konnten aber auch keine richtigen Gefühle zulassen.

Doch eins klappt bei uns beiden nie.
„Ohne einander zu sein", ich wüsste nicht, wie.
Wir ziehen uns immer wieder an.
Es ist egal, wo und egal, wann.

Mein Ziel war es, Deinen inneren Kern zu knacken.
Dafür erforschte ich Deine Seele
und ließ mich gerne von Dir hacken.
Dennoch gabst Du nicht viel von Dir preis.
Aber ich bin eine Kämpferin,
also erfuhr ich viel durch unermüdlichen Fleiß.

Trotzdem bist Du mir immer einen Schritt voraus.
Auch wenn Du mir mittlerweile vieles von Dir anvertraust.
Und ja, ich bin schlau und sehr gerissen.
Doch meine Emotionalität lässt mich Dich,
wenn Du fort bist, stark vermissen.

24 EGAL

Sie steht mir im Weg, genau wie mein Verlangen.
Immer wenn ich scheiterte, war ich in meinem Trieb gefangen.
Ich wollte Dich komplett erobern mit allen möglichen Facetten,
und vergaß, dabei meine Seele vor der Dunkelheit zu retten.

Ich versuchte es mit Charme und ganz viel Esprit.
Mit einem Hauch von Arroganz und einer Prise Stolz,
doch es klappte nie.
Stattdessen liegt über uns der Fluch des ewigen ON und OFF.
Mal ist es die große Liebe und dann wieder der größte Zoff.

Doch diesmal habe ich einen anderen Weg eingeschlagen.
Diesmal bin ich mutig genug, um etwas Neues zu wagen.
Und ja, ich bin jetzt wirklich anders als die Male davor.
Dadurch ist unser gemeinsamer Umgang offener als jemals zuvor.

Denn diesmal bin ich einfach ich.
Ja, Baby, entweder es gefällt Dir oder eben nicht!
Die Zeit der Spielchen ist jetzt definitiv vorbei.
Endlich sein wie ich wirklich bin, macht mich richtig frei.

Doch egal, wie ich bin, eins klappt bei uns beiden nie.
„Ohne einander zu sein", ich wüsste nicht, wie.
Wir ziehen uns immer wieder an.
Es ist egal, wo und egal, wann.

Verloren habe ich Dich in den letzten Jahren schon ziemlich oft.
Manchmal hardcore, manchmal soft.
Doch zu meiner großen Verwunderung
genieße ich dieses Mal von Dir Bewunderung.

ICH FICK DICH MIT POESIE

Meine Aufrichtigkeit hat tatsächlich einen Sinn.
Es gefällt Dir, wenn ich ohne Spielchen von ganzem Herzen
verliebt in Dich bin.
Wenn ich Dich wirklich aus tiefer Seele liebe und schätze,
ohne irgendwelche gefakten Sätze.

Drum gebe ich mich jetzt der vollständigen Wahrheit hin,
und zeige Dir, wer ich wirklich bin.
Ich lasse meine Maske endlich komplett fallen,
ohne mich dabei an Dir festzukrallen.

Oh Baby, ich bin so glücklich, denn es wirkt.
Ich guck Dir dabei zu, wie Dein Desinteresse für mich stirbt.
Plötzlich bin ich jemand ganz anderes für Dich.
Statt an mir vorbeizuschauen, siehst Du mich.

Ein lang ersehnter Traum wird wahr und Du öffnest mir Deine intimsten Gelüste.
Durch meine Ehrlichkeit betörst Du viel inniger meine Brüste.
Du sehnst Dich so stark wie noch nie nach mir.
Deine Gier verzehrt sich komplett nach einem „Wir".

Plötzlich höre ich Worte aus Deinem Mund, an die ich vorher nie zu denken wagte.
Ausgelöst durch Wahrheiten, die ich Dir zum ersten Mal sagte.
Auf einmal lieben wir uns viel, viel mehr.
Ja, Baby, ich merke das, denn Du willst viel öfter zu mir her.

Und ja, ich weiß, eins klappt bei uns beiden nie.
„Ohne einander zu sein", ich wüsste nicht, wie.
Wir ziehen uns immer wieder an.
Es ist egal, wo und egal, wann.

24 EGAL

Bevor ich mich Dir öffnete,
waren wir zwei Menschen mit demselben Hobby.
Unsere beiden Körper waren unsere Spiellobby.
Wir funktionierten auch alleine, aber zusammen viel besser.
Doch die Maske trennte uns wie ein scharfes Messer.

Aber jetzt bin ich einfach ich,
und ja, ich gebe zu, ich begehre Dich fürchterlich.
Und doch erwarte ich nichts mehr von Dir.
Denn ich habe verstanden, das bringt mich noch näher zu mir.

Ich habe mein Ziel erreicht und Du vertraust mir jetzt bedingungslos.
Dein Trieb treibt Dich stets in meinen Schoß.
Auf einmal willst Du mich täglich spüren.
Deine Hände wollen mich jetzt ständig berühren.

Du bist jetzt bereit, neue verfickte Dinge zu erleben
und willst mit mir auf Wolke sieben schweben.
Mit mir kannst Du Dir alles vorstellen, hast Du gesagt.
Ich habe Dich nach Deinen intimsten Fantasien befragt.

Ich habe Dich befreit von Deiner unausgesprochenen Last.
Und es geschafft, dass Du vor mir keine Hemmungen mehr hast.
Oh ja, Baby, ich liebe es, Dich so hüllenlos zu sehen.
Es macht mich so dermaßen nass, wenn Deine Sinne nach mir flehen.

Ich inspiziere Deinen Blick, der nach mir giert.
Und tue alles,
damit er sich in einer schmutzigen Fantasie verliert.

ICH FICK DICH MIT POESIE

Darum sitze ich im Rock ohne Unterwäsche vor Dir.
Provokant spreize ich meine Beine und sage:
„Baby, guck mal hier!"

Ja, Baby, ich weiß, eins klappt bei uns beiden nie.
„Ohne einander zu sein", ich wüsste auch nicht, wie.
Wir ziehen uns wieder magnetisch an.
Es ist egal, wo, aber wenn nicht jetzt, wann dann?

Lüstern führe ich die Finger in meine nasse Möse ein.
Mein Körper kann nicht aufhören,
nach Deinem harten Schwanz zu schreien.
Darum höre ich nicht auf,
mich selber mit meinen Gliedern zu stopfen.
Na, Baby, laufen bei dem Anblick schon aus Deiner Eichel die Tropfen?

Wenn Du jetzt hinzukommst und mich berührst,
Deinen geilen Schwanz in meiner Muschi verrührst.
Dann bleib ich für immer bei Dir, das werde ich Dir versprechen.
Und ich schwöre Dir,
ich werde mein Wort sicher niemals brechen.

Oh ja, Baby, stoß hart zu und mach aus uns ein „Wir".
Denn nur zusammen ergeben wir ein Ganzes hier.
Unsere Seelen haben sich hier auf Erden wiedergefunden.
Doch ich weiß, wir waren schon vorher miteinander verbunden.

Oh Baby, in dem Moment als Du in mir steckst
und mich mit grenzenloser Liebe befleckst,
fühle ich das Leben und finde zu mir.
Du schenkst mir Unendlichkeit und beißt mich wie ein Vampir.

24 EGAL

Wenn Du mich jetzt küsst, dann wirst Du schmecken,
dass unsere Küsse fähig sind, jede Leere in uns abzudecken.
Denn bist Du erst mal nah bei mir,
wird uns niemand mehr trennen.
Nur die Explosion unserer beiden Körper kann uns dann noch voneinander wegsprengen.

Doch das ist nicht schlimm,
denn danach setzen wir uns einfach wieder zusammen.
Wir beide werden durch unser Verlangen
immer wieder zueinander gelangen.
Du und ich, das ist unsterblich und das ist wahr.
Denn unsere Bindung ist etwas Besonderes,
sie ist einfach wunderbar.

Denn auch Du weißt, eins klappt bei uns beiden nie.
„Ohne einander zu sein", Du wüsstest selber nicht, wie.
Wenn zwei sich lieben,
ziehen sie sich immer wieder magnetisch an.
Dabei ist es egal, wo und egal, wann.

25 FÜR DICH

Als ich Dich das erste Mal sah,
war mir in keiner Weise klar,
dass Du mich mal so versaust
und mir jegliche Moral und Werte klaust.

Doch Du hast es geschafft, mein „Liebes-Ich" ist gestorben.
Wegen Dir bin ich jetzt komplett verdorben.
Ich denk ständig nur an Sex mit Dir.
Du machst aus mir ein wildes Raubtier.

Baby, ich will Dich ficken überall.
Von mir aus auch im Hühnerstall.
Hauptsache, Du machst aus uns ein „Wir",
steckst Deinen harten Schwanz in mich und stillst meine Gier.

Du alleine hast die Wahl,
es ist mir gleich ob oral oder anal.
Für Dich bin ich für alles offen.
Glaub mir, mit mir hast Du die perfekte Frau getroffen.

Ich gebe mich Dir komplett hin,
weil ich so verdammt verrückt nach Dir und Deinen Gliedern bin.
Ich lechze nach Dir jeden Tag und jede Stunde.
Sind wir gerade fertig, bin ich schon bereit für die nächste Runde.

25 FÜR DICH

NACHWORT

Es gibt so viele Menschen, die mich auf meinem Weg unterstützt haben und denen ich so unendlich dankbar bin. Doch mein größter Dank gilt meiner Familie, die mich in meinem Vorhaben immer wieder unterstützen und mir Zeit geben, meine Ziele zu verwirklichen.
Ich liebe Euch von ganzen Herzen!

Natürlich danke ich auch meiner Freundin Anika Lengsfeld. Danke, dass Du sofort Feuer und Flamme warst für dieses Projekt. Ich bin stolz, dass Du auf dem Cover bist und mich unterstützt.

Auch Dir Steven Hoschek gilt mein Dank und Respekt. Völlig uneigennützig hast Du dich im Projekt mit eingeklinkt und mir ein tolles Buchcover geschenkt.

Außerdem danke ich meinen Testlesern und Freunden, die mir so viel Feedback geben und mich motivieren, weiter zu machen, indem sie stets mehr lesen wollen.
Was wäre ich nur ohne Euch und Eure Motivation?

Und mein letzter Dank geht an alle Menschen, denen meine Texte gefallen. Ganz gleich, ob sie sich damit identifizieren können oder nicht.
Jeder Mensch, den ich mit meinen Worten erreiche, ist ein Segen

NACHWORT

für mein Leben.

Danke, dass es Euch gibt!

ICH FICK DICH MIT POESIE

NACHWORT

DAS BUCHPROJEKT

Der Gedichtband „Ich fick Dich mit Poesie" ist entstanden, weil ich etwas Neues ausprobieren wollte. Geschichten und Romane gibt es in Massen, doch Gedichte sind noch eine Grauzone.
Zu dem Band gehören zwei Fortsetzungen.
Wenn Euch das Geschriebene gefallen hat und Ihr die anderen Bände auch gerne lesen wollt, könnt Ihr mich mit einer positiven Bewertung unterstützen und weiterempfehlen.:)

DAS BUCHPROJEKT

AUTORIN

Mexine Raven ist eine deutsche Schriftstellerin, die ihre Vorliebe für provokante Schriften entdeckt hat. Sie wurde in Sachsen-Anhalt geboren und schreibt schon ihr ganzes Leben. Da viele Verlage keine Gedichte veröffentlichen, vor allem nicht im erotischen Bereich, hat sie sich dazu entschlossen, diese Lücke zu füllen.

AN MEINE LESER

Ich hoffe, Euch hat das Buch gefallen. :)

Ihr könnt mich mit einer positiven Bewertung unterstützen und mir bei Instagram folgen.

Schreibt mir auch gerne eine Nachricht, wenn Ihr Euch im Text wiedererkannt habt.

Ich bin sehr gespannt und freue mich über Euer Feedback.

www.ingramcontent.com/pod-product-compliance
Lightning Source LLC
Chambersburg PA
CBHW070427220526
45466CB00004B/1570